顾城的诗　顾城的画

顾城 著

江苏文艺出版社

**Gu Cheng's Poems
Gu Cheng's Paintings**

Gu Cheng

目 录

001 …… 奇遇
003 …… "需要一个答案"

001 …… 一代人
002 …… 星月的来由
003 …… 生命幻想曲
009 …… 种子的梦想
011 …… 小巷
012 …… 弧线
014 …… 雨行
017 …… 给我的尊师安徒生
019 …… 雪人
022 …… 远和近
024 …… 我总觉得
026 …… 田埂
028 …… 信念
030 …… 安慰
033 …… 简历
035 …… 我们去寻找一盏灯
039 …… 思想之树

041 ...... 我唱自己的歌

044 ...... 土地是弯曲的

046 ...... 假如……

048 ...... 我是一个任性的孩子

055 ...... 最后

058 ...... 小花的信念

061 ...... 不要在那里踱步

063 ...... 叽叽喳喳的寂静

067 ...... 给我逝去的老祖母(一)

069 ...... 我的心爱着世界

071 ...... 还记得那条河吗

073 ...... 我要走啦

077 ...... 生日

080 ...... 初夏

085 ...... 我的一个春天

087 ...... 我会像青草一样呼吸

091 ...... 猿人之猎

093 ...... 生命的愿望

096 ...... 分离

098 ...... 门前

101 ...... 来临

103 ...... 分别的海

109 ...... 订婚

111 ...... 我曾是火中最小的花朵

115 ...... 南国之秋(二)

117 ...... 异地

120 ...... 最凉的早晨

123 ...... 剥开石榴

125 ...... 就在那个小村里

128 ...... 是树木游泳的力量

130 ...... 万物

132 ...... 届时

134 ...... 革命

137 ...... 瀑布

140 ...... 子弹

142 ...... 日益

144 ...... 表达

146 ...... 转弯

149 ...... 复有笑容

151 ...... 直塘

154 ...... 往世

156 ...... 墓床

158 ...... 字典

160 ...... 计谋

162 ...... 一个夏天

164 ...... 万一

166 ...... 实话

168 ...... 鸡春卷

170 ...... 从心

172 ...... 蛋糕

174 ...... 花是这样落的

176 ...... 陶

178 ...... 因为思念的缘故

182 ...... 窗子

184 ...... 复习

186 ...... 邓肯

188 ...... 你喜欢歌谣

190 ...... 活命歌

192 ...... 有天

194 ...... 家乡的树（歌词）

196 ...... 许多河水

198 ...... 然若

200 ...... 岛

202 ...... 婆罗

205 ...... 要用光芒抚摸

207 ...... 大禹的自白

216 ...... 编后记

奇遇
顾城

红过的果子　落在地上
　花开在近旁
　　这是它爱过的果子

　　我来自一个遥远的国度，在海那边有重重的山峰，有一座大城。我在那里生下来，城墙是红色的，里边的房子颜色发青。也有热闹的街市，寂静的小巷。

　　我在那里长到9岁，学了字，12岁写了诗，17岁学会怎么把木头做成椅子。我在那儿有块紫檀木，我给凿成个刨子，推到傍晚，就把刨花扫起来，送给邻居。

　　这个城只有春天和冬天，夏天也许有，但一定在睡觉，睡醒了，水盆里已经结了冰，里边的鱼都吃过落进去的小虫，鱼像城墙一样，也是红的。

我9岁、12岁、17岁是醒的，其它时间就很难说了。因为我很早就学会了一个幻术，就是跟着下落的太阳合上眼睛，一直就可以跌下去，跌到11岁－8岁－3岁－1岁半－浴液里，在那里可以找到一些球，还有吃了一半的糖。有一次我跌得太久，就变成了一只老虎。

　　闭很久的眼睛是一种技术，我不想告诉别人，因为弄不好你就回不了你原来的院子了，特别是你当过鸟和老虎之后，你就很可能坐到屋顶或者烟囱上，这样如果正好没有梯子的话是很危险的。而且变过老虎之后，人很瘦，想吃鹿肉一年才能买到一次。

　　（下缺）

1991年岛上

"需要一个答案"

——1988年12月6日顾城朗诵并讲说于洛杉矶

我很困,困的时候就进入了梦。/从纽约来,我丢了不少诗,所以这次只能读还没丢的。/走进这个厅时,我看见了许多死人丢掉的东西,活人又把它们找到了。/人总怕忘事,可还是忘了最重要的事。/我坐在这,等我自己,看我的朋友向前走。/这里的灯是圆的,让我想起小时候喜欢的一个鸟蛋。/我很想在一个鸟蛋中生活,/但世界告诉我我是鸟窠生的,/又告诉我我是平底锅生的,我愿意相信这个说法;/但在梦里,却总有一个声音说不是,/我有一个来源,但是我给忘记了。我写诗就是因为回想。/

有一个生长在美国的朋友,这些天我们天天碰面,/直到刚才他才问我,为什么要戴这个帽子。我知道他需要一个答案,/我就说,这是一个天线,可以收听福音。/他听了表示满意,/因为帽子是有用处的。/我也感到满意,/好像我眼睛上头还有眼睛。/

在纽西兰这是多余的,因为那里很安静,/不用戴帽子也能听见鸟叫,看见星星以外的星星。/我下边朗诵的第一首诗,就是写在那里的,/它还没有被印成铅字,/它在今晚只是声音——

这是最美的季节
可以忘记梦想
到处都是花朵
满山阴影飘荡

这是最美的阴影
可以摇动阳光
轻轻走下山去
酒杯叮当作响

这是最美的酒杯
可以发出歌唱
放上花香捡回
四边都是太阳

这是最美的太阳
把花印在地上
谁要拾走影子

谁就拾走光芒

（下缺）

1988年12月

编者注：顾城此时任职奥克兰大学研究员，已移居岛上，于1988年11月初至12月中旬大学放假期间赴美参加诗歌交流活动。所朗诵的诗，题为《答案》。记录文字中的左斜线处为翻译中断处。

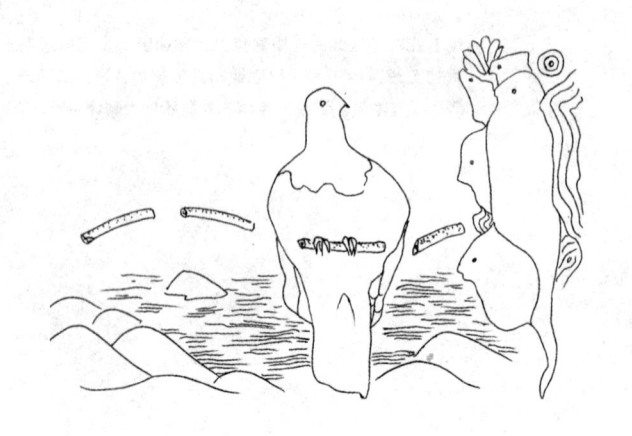

一代人

黑夜给了我黑色的眼睛

我却用它寻找光明

1979年4月

星月的来由

树枝想去撕裂天空,

却只戳了几个微小的窟窿,

它透出天外的光亮,

人们把它叫做月亮和星星。

1968年冬

生命幻想曲

把我的幻影和梦,

放在狭长的贝壳里。

柳枝编成的船篷,

还旋绕着夏蝉的长鸣。

拉紧桅绳

风吹起晨雾的帆,

我开航了。

没有目的,

在蓝天中荡漾。

让阳光的瀑布,

洗黑我的皮肤。

太阳是我的纤夫。

它拉着我,

用强光的绳索,

一步步,

走完十二小时的路途。

我被风推着,

向东向西,

太阳消失在暮色里。

黑夜来了,

我驶进银河的港湾。

几千个星星对我看着,

我抛下了

新月——黄金的锚。

天微明,

海洋挤满阴云的冰山,

碰击着,

"轰隆隆"——雷鸣电闪!

我到哪里去呵?

宇宙是这样的无边。

* * *

用金黄的麦秸,

织成摇篮,

把我的灵感和心

放在里边。

装好纽扣的车轮,

让时间拖着,

去问候世界。

车轮滚过

百里香和野菊的草间。

蟋蟀欢迎我,

抖动着琴弦。

我把希望溶进花香,

黑夜像山谷,

白昼像峰巅。

睡吧!合上双眼,

世界就与我无关。

时间的马,

累倒了。

黄尾的太平鸟,

在我的车中做窝。

我仍然要徒步走遍世界——

沙漠、森林和偏僻的角落。

太阳烘着地球,

像烤一块面包。

我行走着,

赤着双脚。

我把我的足迹,

像图章印遍大地,

世界也就溶进了

我的生命。

我要唱

一支人类的歌曲,

千百年后

在宇宙中共鸣。

1971年盛夏(火道村)

007

CHINATHEMEN

Herausgegeben von Prof. Dr. Helmut Martin,
Ruhr-Universität Bochum,
und
Prof. Dr. Lutz Bieg, Universität Köln

种子的梦想

种子在冻土里梦想春天。

它梦见——

龙钟的冬神下葬了,

彩色的地平线上走来少年;

它梦见——

自己颤动地舒展腰身,

长睫旁闪耀着露滴的银钻;

它梦见——

伴娘蝴蝶轻轻吻它,

蚕姐姐张开了新房的金幔;

它梦见——

无数儿女睁开了稚气的眼睛,

就像月亮身边的万千星点……

种子呵,在冻土里梦想春天,

它的头顶覆盖着一块巨大的石板。

1979年1月

小巷

小巷
又弯又长

没有门
没有窗

你拿把旧钥匙
敲着厚厚的墙

1980年6月

弧线

鸟儿在疾风中

迅速转向

少年去捡拾

一枚分币

葡藤因幻想

而延伸的触丝

海浪因退缩

而耸起的背脊

1980年8月

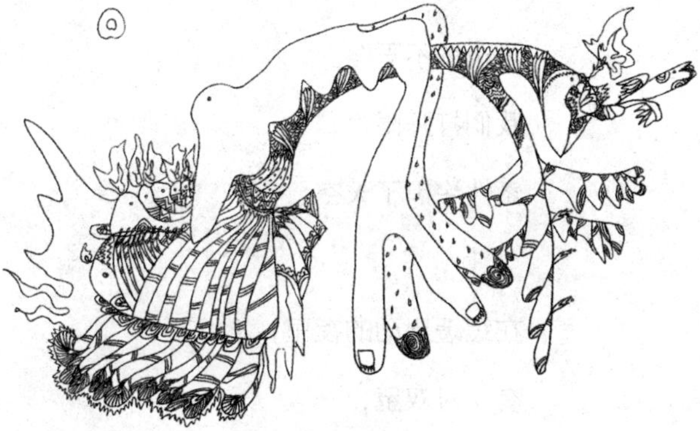

雨行

云灰灰的,

再也洗不干净。

我们打开雨伞,

索性涂黑了天空。

在缓缓飘动的夜里,

有一对双星,

似乎没有定轨,

只是时远时近……

1980年8月

1993.5

给我的尊师安徒生

——安徒生和作者本人都曾当过笨拙的木匠

你推动木刨,

像驾驶着独木舟,

在那平滑的海上,

缓缓漂流……

刨花像浪花散开,

消逝在海天尽头;

木纹像波动的诗行,

带来岁月的问候。

没有旗帜,

没有金银、彩绸,

但全世界的帝王,

也不会比你富有。

你运载着一个天国，

运载着花和梦的气球，

所有纯美的童心，

都是你的港口。

1980年1月

雪人

在你的门前

我堆起一个雪人

代表笨拙的我

把你久等

你拿出一颗棒糖

一颗甜甜的心

埋进雪里

说这样就会高兴

雪人没有笑

一直没作声

直到春天的骄阳

把它溶化干净

人在哪呢？

心在哪呢?

小小的泪潭边

只有蜜蜂。

1980年2月

坚定自由灵觉

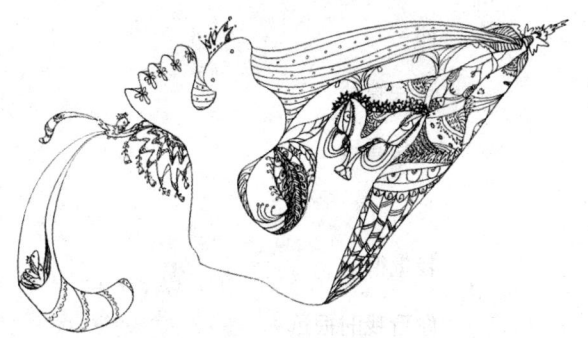

远和近

你
一会看我
一会看云

我觉得
你看我时很远
你看云时很近

1980年6月

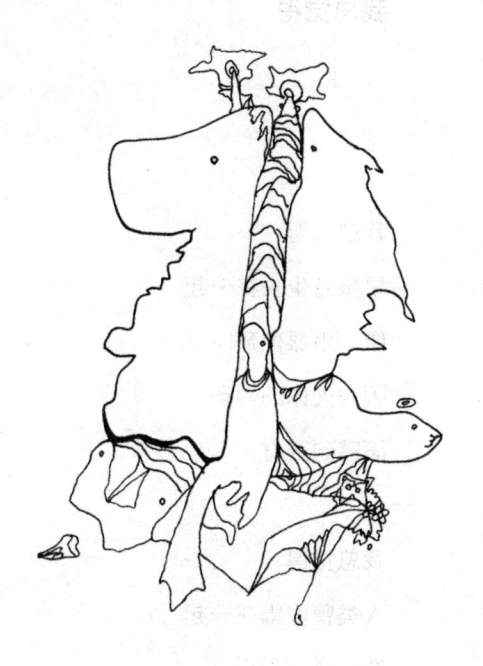

我总觉得

我总觉得

星星曾生长在一起

像一串绿葡萄

因为天体的转动

滚落到四方

我总觉得

人类曾聚集在一起

像一碟小彩豆

因为陆地的破裂

迸溅到各方

我总觉得

心灵曾依恋在一起

像一窝野蜜蜂

因为生活的风暴

飞散在远方

1980年6月

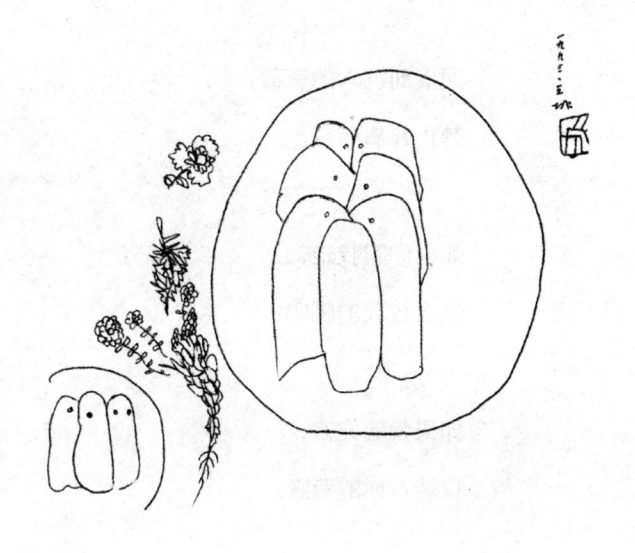

田埂

路是这样窄么?
只是一脉田埂。

拥攘而沉默的苜蓿,
禁止并肩而行。

如果你跟我走,
就会数我的脚印;

如果我随你去,
只能看你的背影。

1980年6月

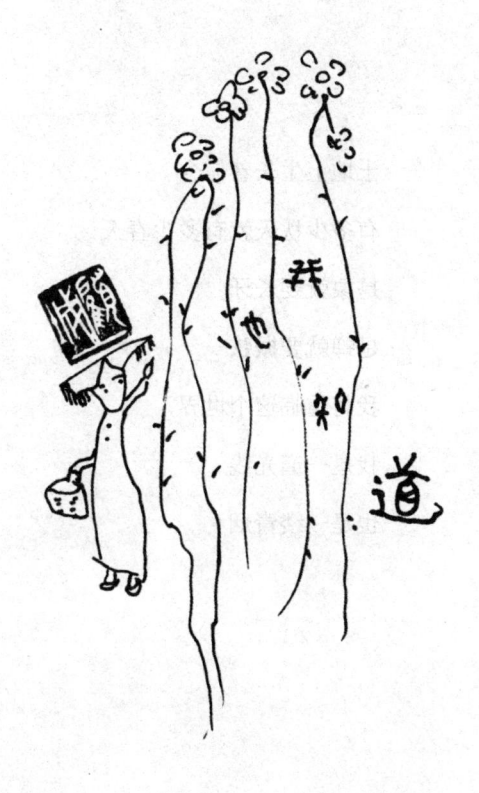

信念

土地上生长着信念

有多少秋天就有多少春天

是象就要长牙

是蝉就要振弦

我将重临这个世界

我是一道光线

也是一缕青烟

1980年8月

安慰

青青的野葡萄

淡黄的小月亮

妈妈发愁了

怎么做果酱

我说：

别加糖

在早晨的篱笆上

有一枚甜甜的

红太阳

1980年10月

简历

我是一个悲哀的孩子

始终没有长大

我从北方的草滩上

走出,沿着一条

发白的路,走进

布满齿轮的城市

走进狭小的街巷

板棚,每颗低低的心

我在一片淡漠的烟中

继续讲绿色的故事

我相信我的听众

——天空,还有

海上迸溅的水滴

它们将覆盖我的一切

覆盖那无法寻找的

坟墓,我知道

那时,所有的草和小花

都会围拢,在

灯光暗淡的一瞬

轻轻地亲吻我的悲哀

1980年10月

我们去寻找一盏灯

走了那么远

我们去寻找一盏灯

你说

它在窗帘后面

被纯白的墙壁围绕

从黄昏迁来的野花

将变成另一种颜色

走了那么远

我们去寻找一盏灯

你说

它在一个小站上

注视着周围的荒草

让列车静静驰过

带走温和的记忆

走了那么远

我们去寻找一盏灯

你说

它就在大海旁边

像金橘那么美丽

所有喜欢它的孩子

都将在早晨长大

走了那么远

我们去寻找一盏灯

1980年11月

鱼鳅鲤鳝

思想之树

我在赤热的国土上行走

头上是太阳的轰响

脚下是岩浆

我没有鞋子

没有编造的麦草

投下浑圆的影子

我只有一颗心

常常想起露水的清澈

我走过许多地方

许多风蚀的废墟

为了寻找那些

值得相信的东西

我常看见波斯菊

化为尘沫，在热风中飞散

美和生命

并不意味着永恒

也许有这样一种植物

习惯了火山的呼吸

习惯了在绝望中生长,

使峭壁布满裂纹

习惯了死亡

习惯了在死神的金字塔上

探索星空

重新用绿色的声音

来呼唤时间

于是,在梦的山谷中

我看见了它们

棕红色的巨石翻动着

枝条伸向四方

一千枚思想的果实

在夕阳中垂落

渐渐,渐渐,渐渐

吸引了痛苦的土地

1980年12月

我唱自己的歌

我唱自己的歌

在布满车前草的道路上

在灌木和藤蔓的集市上

在雪松、白桦树的舞会上

在那山野的原始欢乐之上

我唱自己的歌

我唱自己的歌

在热电厂恐怖的烟云中

在变速箱复杂的组织中

在砂轮和汽锤的亲吻中

在那社会文明的运行中

我唱自己的歌

我唱自己的歌

既不生疏又不熟练

我是练习曲的孩子

愿意加入所有歌队

为了不让规范知道

我唱自己的歌

我唱呵，唱自己的歌

直到世界恢复了史前的寂寞

细长的月亮

从海边赶来向我：

为什么？为什么？

你唱自己的歌

1980年12月

胜利

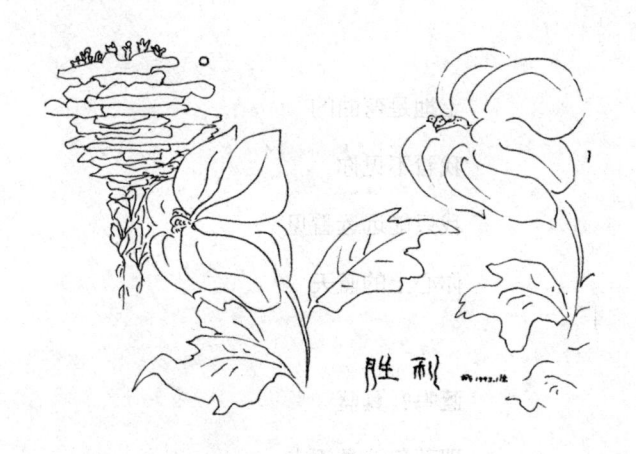

土地是弯曲的

土地是弯曲的

我看不见你

我只能远远看见

你心上的蓝天

蓝吗？真蓝

那蓝色就是语言

我想使世界感到愉快

微笑却凝固在嘴边

还是给我一朵云吧

擦去晴朗的时间

我的眼睛需要泪水

我的太阳需要安眠

1981年1月

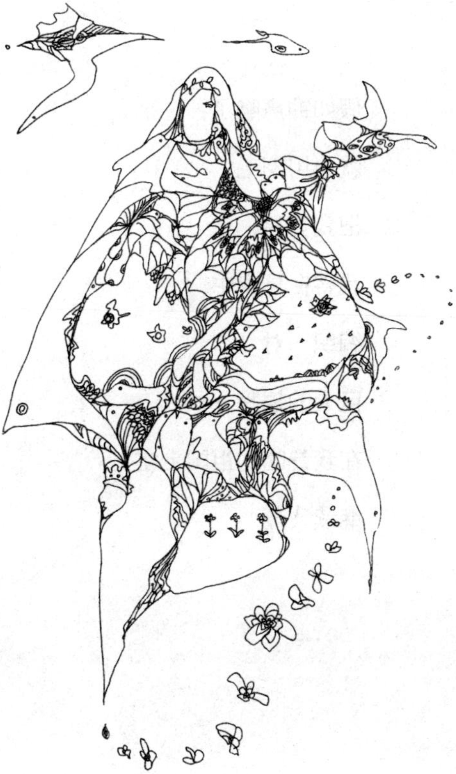

假如……

假如钟声响了,
就请用羽毛
把我安葬;
我将在冥夜中,
编织一对
巨大的翅膀——
在我眷恋的祖国上空
继续飞翔

1981年2月

我是一个任性的孩子

　　——我想在大地上画满窗子，

　　　　让所有习惯黑暗的眼睛，都习惯光明

也许

我是被妈妈宠坏的孩子

我任性

我希望

每一个时刻

都像彩色蜡笔那样美丽

我希望

能在心爱的白纸上画画

画出笨拙的自由

画下一只永远不会

流泪的眼睛

一片天空

一片属于天空的羽毛和树叶

一个淡绿的夜晚和苹果

我想画下早晨

画下露水所能看见的微笑

画下所有最年轻的

没有痛苦的爱情

画下想象中

我的爱人

她没有见过阴云

她的眼睛是晴空的颜色

她永远看着我

永远，看着

绝不会忽然掉过头去

我想画下遥远的风景

画下清晰的地平线和水波

画下许许多多快乐的小河

画下丘陵——

长满淡淡的茸毛

我让它们挨得很近

让它们相爱

让每一个默许

每一阵静静的春天的激动

都成为

一朵小花的生日

我还想画下未来

我没见过她,也不可能

但知道她很美

我画下她秋天的风衣

画下那些燃烧的烛火和枫叶

画下许多因为爱她

而熄灭的心

画下婚礼

画下一个个早早醒来的节日——

上面贴着玻璃糖纸

和北方童话的插图

我是一个任性的孩子

我想涂去一切不幸

我想在大地上

画满窗子

让所有习惯黑暗的眼睛

都习惯光明

我想画下风

画下一架比一架更高大的山岭

画下东方民族的渴望

画下大海——

无边无际愉快的声音

最后,在纸角上

我还想画下自己

画下一只树熊

他坐在维多利亚深色的丛林里

坐在安安静静的树枝上

发愣

他没有家

没有一颗留在远处的心

他只有,许许多多

浆果一样的梦

和很大很大的眼睛

我在希望

在想

但不知为什么

我没有领到蜡笔

没有得到一个彩色的时刻

我只有我

我的手指和创痛

只有撕碎那一张张

心爱的白纸

让它们去寻找蝴蝶

让它们从今天消失

我是一个孩子

一个被幻想妈妈宠坏的孩子

我任性

1981年3月

幻火红鱼图　戚七一年4月

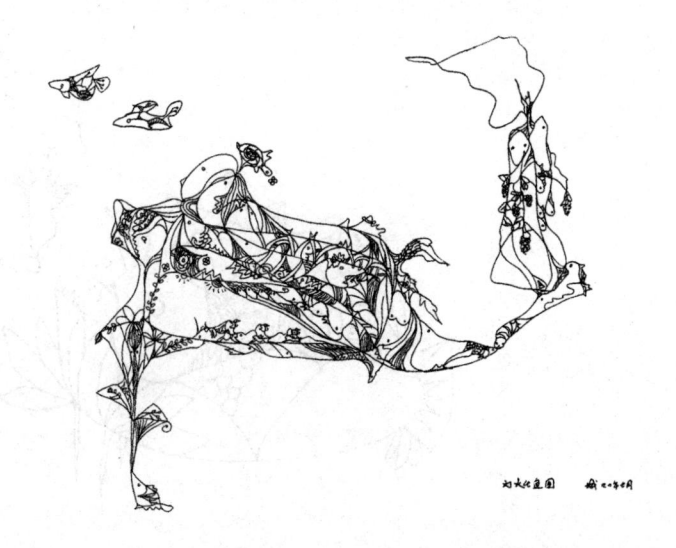

最后

最后,最后一次

我醒来

窗帘站在一边

阳光像白发般灿烂

蒲公英

在年轻的风中

飘舞,落满我的书架

那里有我的名字

我用诗的卵石

精心铺成的小路

有永远闪耀不定的泪水

有幻梦的湖泊

森林在水影中

脱下了警察的服装

也许,还有歌

还有许多

用金盏花和兰钟花

组成的欢乐

我可爱的小朋友

曾在那里奔跑

为了一只黑色、恐怖的蝴蝶

现在我卸下一切

卸下了我的世界

很轻,像薄纸叠成的小船

当冥海的水波

漫上床沿

我便走了

飘向那永恒的空间

1981年4月

CHINATHEMEN
Herausgegeben von Prof. Dr. Helmut Martin,
Ruhr-Universität Bochum,
und
Prof. Dr. Lutz Bieg, Universität Köln

小花的信念

在山石组成的路上

浮起一片小花

它们用金黄的微笑

来回报石块的冷遇

它们相信

最后,石块也会发芽

也会粗糙地微笑

在阳光和树影间

露出善良的牙齿

1981年4月

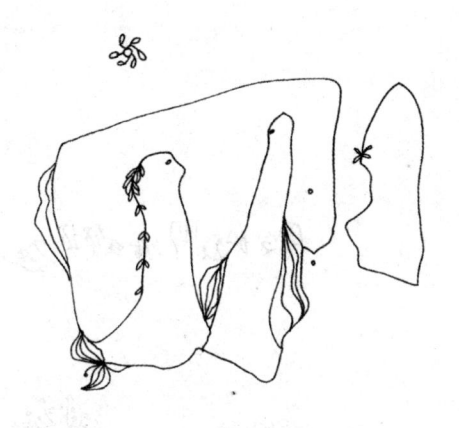

CHINATHEMEN
Herausgegeben von Prof. Dr. Helmut Martin,
Ruhr-Universität Bochum,
und
Prof. Dr. Lutz Bieg, Universität Köln

皇兄如选到,看在那边 1993.1.13

不要在那里踱步

天黑了

一小群星星悄悄散开

包围了巨大的枯树

不要在那里踱步

梦太深了

你没有羽毛

生命量不出死亡的深度

不要在那里踱步

下山吧

人生需要重复

重复是路

不要在那里踱步

告别绝望

告别风中的山谷

哭，是一种幸福

不要在那里踱步

灯光

和麦田边新鲜的花朵

正摇荡着黎明的帷幕

1981年4月

叽叽喳喳的寂静

雪,用纯洁

拒绝人们的到来

远处,小灌木丛里

一小群鸟雀叽叽喳喳

她们在讲自己的事

讲贮存谷粒的方法

讲妈妈

讲月牙怎么变成了

金黄的气球

我走向许多地方

都不能离开

那片叽叽喳喳的寂静

也许在我心里

也有一个冬天

一片绝无人迹的雪地

在那里

许多小灌木缩成一团

围护着喜欢发言的鸟雀

1981年5月

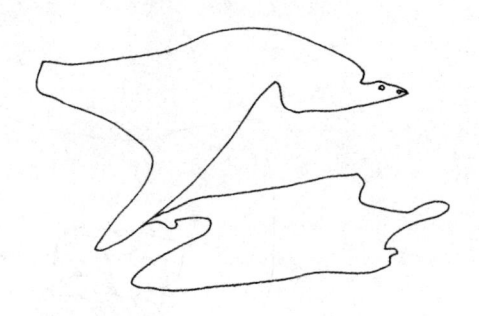

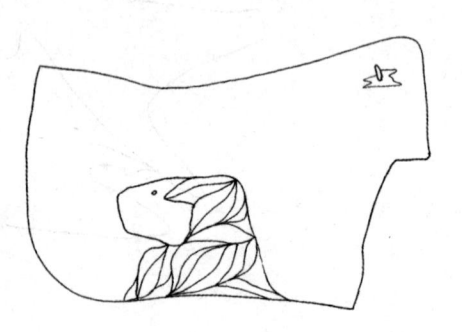

给我逝去的老祖母(一)

终于

我知道了死亡的无能

它像一声哨

那么短暂

球场上的白线已模糊不清

昨天,在梦里

我们分到了房子

你用脚擦着地

走来走去

把自己的一切

安放进最小的角落

你仍旧在深夜里洗衣

哼着木盆一样

古老的歌谣

用一把断梳子

梳理白发

你仍旧在高兴时

打开一层一层绸布

给我看

已经绝迹的玻璃纽扣

你用一生相信

它们和钻石一样美丽

我仍旧要出去

去玩或者上学

在拱起的铁纱门外边

在第五层台阶上

点燃炉火,点燃炉火

鸟兴奋地叫着

整个早晨

都在淡蓝的烟中漂动

你围绕着我

就像我围绕着你

1981年6月

我的心爱着世界

我的心爱着世界
爱着，在一个冬天的夜晚
轻轻吻她，像一片纯净的
野火，吻着全部草地
草地是温暖的，在尽头
有一片冰湖，湖底睡着鲈鱼

我的心爱着世界
她溶化了，像一朵霜花
溶进了我的血液，她
亲切地流着，从海洋流向
高山，流着，使眼睛变得蔚蓝
使早晨变得红润

我的心爱着世界
我爱着，用我的血液为她
画像，可爱的侧面像
金玉米和群星的珠串不再闪耀
有些人疲倦了，转过头去
转过头去，去欣赏一张广告

1981年6月

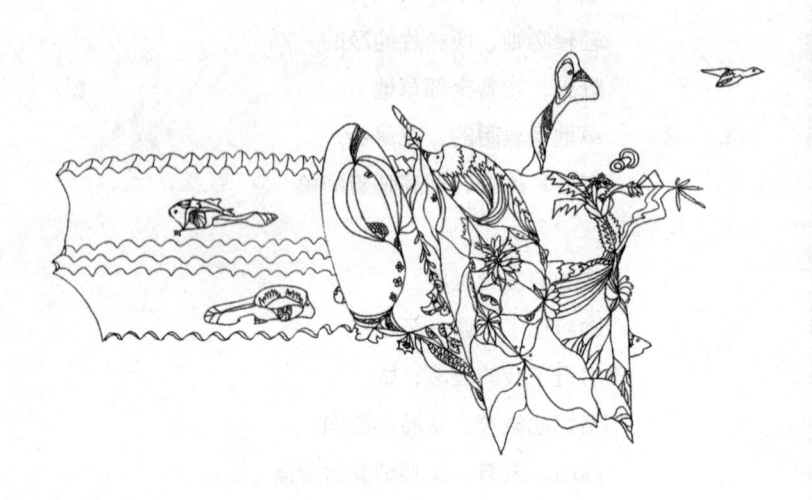

还记得那条河吗

还记得那条河吗?

她那么会拐弯

用小树叶遮住眼睛

然后,不发一言

我们走了好久

都没问清她从哪来

最后,只发现

有一盏可爱的小灯

在河里悄悄洗澡

现在,河边没有花了

只有一条小路

白极了,像从大雪球里

抽出的一段棉线

黑皮肤的树

被冬天用魔法

固定在雪上

隔着水,他们也没忘记

要相互指责

水,仍在流着
在没人的时候
就唱起不懂的歌
她从一个温暖的地方来
所以不怕感冒
她轻轻呵气
好像树叉中的天空
是块磨沙玻璃
她要在上面画画

我不会画画
我只会在雪地上写信
写下你想知道的一切
来吧,要不晚了
信会化的
刚懂事的花会把它偷走
交给吓人的熊蜂
然后,蜜就没了
只剩下那盏小灯

1981年6月

我要走啦

告别守夜的钟塔

谢谢,我要走啦

我要带走全部的星星

再不为丢失担惊受怕

告别粗大的篱笆

是的,我要走啦

你听见的偷苹果的故事

请不要告诉庙里的乌鸦

最后,告别河边的细沙

早安,我要走啦

没有谁真在这里长眠不醒

去等待十字架生根开花

我要走啦,走啦

走向绿雾蒙蒙的天涯

走哇！怎么又走到你的窗前

窗口垂着相约的手帕

不！这不是我，不是

有罪的是褐色小马

它没弄懂昨夜可怕的誓言

把我又带到你家

1982年2月

端樹上老遭殃

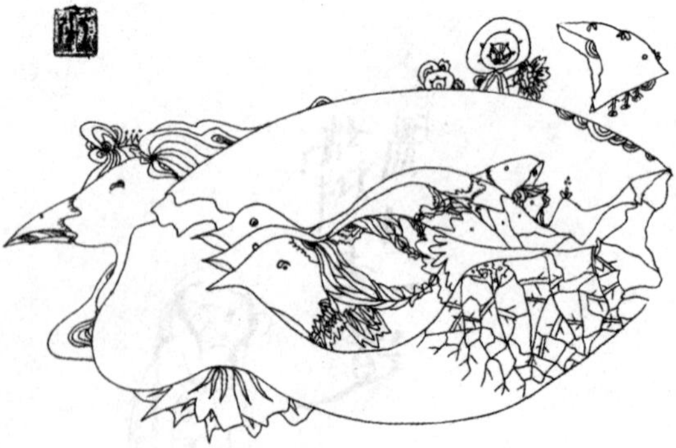

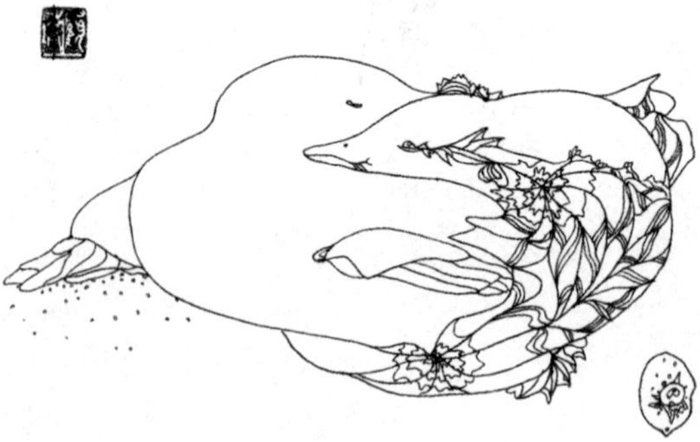

生日

因为生日

我得到了一个彩色钱夹

我没有钱

也不喜欢那些乏味的分币

我跑到那个古怪的大土堆后

去看那些爱美的小花

我说:我有一个仓库了

可以用来贮存花籽

钱夹里真的装满了花籽

有的黑亮黑亮

像奇怪的小眼睛

我又说:别怕

我要带你们到春天的家里去

在那儿,你们会得到

绿色的短上衣

和彩色花边的布帽子

我有一个小钱夹了
我不要钱
不要那些不会发芽的分币
我只要装满小小的花籽
我要知道她们的生日

1981年12月

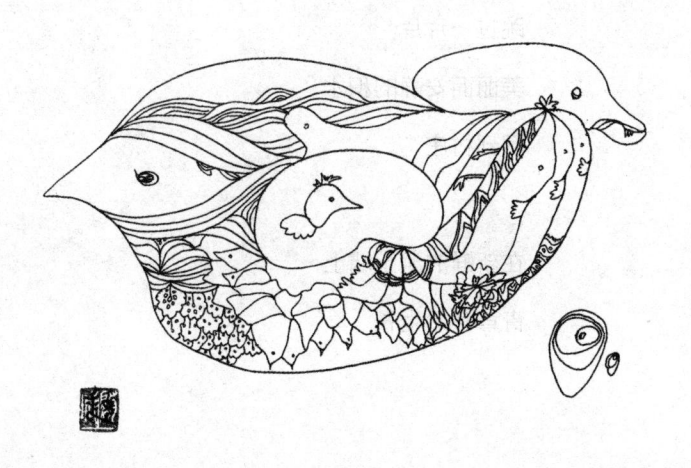

初夏

乌云渐渐稀疏
我跳出月亮的圆窗
跳过一片片
美丽而安静的积水
回到村庄

在新鲜的泥土墙上
青草开始生长

每扇木门
都是新的
都像洋槐花那样洁净
窗纸一声不吭
像空白的信封

不要相信我

也不要相信别人

把还没睡醒的

相思花

插在一对对门环里

让一切故事的开始

都充满芳馨和惊奇

早晨走近了

快爬到树上去

我脱去草帽

脱去习惯的外鞘

变成一个

淡绿色的知了

是的，我要叫了

公鸡老了

垂下失色的羽毛

所有早起的小女孩

都会到田野上去

去采春天留下的

红樱桃

并且微笑

1981年2月

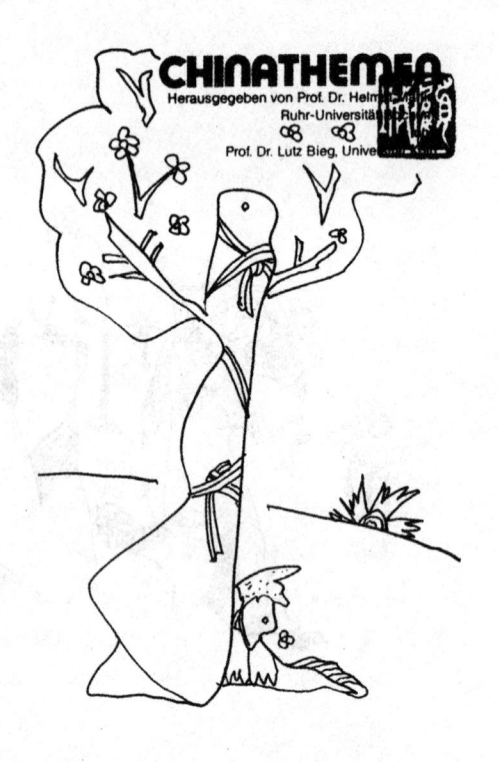

CHINATHEMEN
Herausgegeben von Prof. Dr. Helmut Martin,
Ruhr-Universität Bochum
Prof. Dr. Lutz Bieg, Universität zu Köln

我的一个春天

木窗外

平放着我的耕地

我的小牦牛

我的单铧犁

一小队太阳

沿着篱笆走来

天蓝色的花瓣

开始弯曲

露水害怕了

打湿了一片回忆

受惊的腊嘴雀

望着天极

我要干活了

要选梦中的种子

让它们在手心闪耀

又全部撒落在水里

1982年2月

我会像青草一样呼吸

我会像青草一样呼吸

在很高的河岸上

脚下的水渊深不可测

黑得像一种鲇鱼的脊背

远处的河水渐渐透明

一直漂向对岸的沙地

那里的起伏充满诱惑

困倦的阳光正在休息

再远处是一片绿光闪闪的树林

录下了风的一举一动

在风中总有些可爱的小花

从没有系紧紫色的头巾

蚂蚁们在搬运沙土

绝不会因为爱情而苦恼

自在的野蜂却在歌唱

把一支歌献给所有花朵

我会呼吸得像青草一样

把轻轻的梦想告诉春天

我希望会唱许多歌曲

让唯一的微笑永不消失

1982年3月

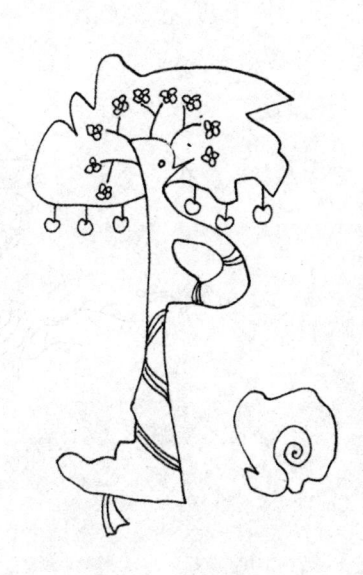

天鑒

猿人之猎

由于饥饿的拉力

人的嘴歪向一边

褐色的愿望不停抖动

弓弧越缩越短

野兽突然弹起

撞碎了宽大的叶片

一缕真空的声音

总在后面追赶

鸟类们传播着智慧

芦竹变成了飞箭

它很想得到血液

把指尖涂得鲜艳

也许有一声鸣叫

变得曲曲弯弯

那些固执的大青藤

正是这样被扭断

死亡虽然丑陋

却能引起赞叹

渐渐聚拢的脚步声

还会向四面分散

已经脱落的树皮

也有报答的意愿

只要闪电降临

就会有跳舞的火焰

1982年5月

生命的愿望

一

春天来的时候

木鞋上还沾着薄雪

山坡上霸道的小灌木

还没有想到梳头

春天走的时候

每朵花都很奇妙

她们被水池挡住去路

静静地变成了草莓

二

所有青色的骑士

都渴望去暴雨中厮杀

都想面对密集的阳光

庄严地一动不动

秋风将吹过山谷
荣誉将变得黯淡
黑滚珠一样的小田鼠
将突然窜过田野

三

即使星球熄灭了
果实也会燃烧
在印加帝国的酒窖里
储存着太阳的血液

浮雕上聚集着水汽
生命仍在要求
它将在地下生长
变成强壮的根块

1982年5月

分离

黑色的油污从山谷中浮起

乌鸦会飞

会带走我的羽毛

我还将留在世界上

在熄灭的细草中间

心最后总要滚动一下

才能变成石子

我知道历史

那个圆鼓鼓的商人

收购羽毛

口袋和他一起颤动

在习惯的叹息中

走下山去

1982年8月

CHINATHEMEN

Herausgegeben von Prof. Dr. Helmut Martin,
Ruhr-Universität Bochum,
und
Prof. Dr. Lutz Bieg, Universität Köln

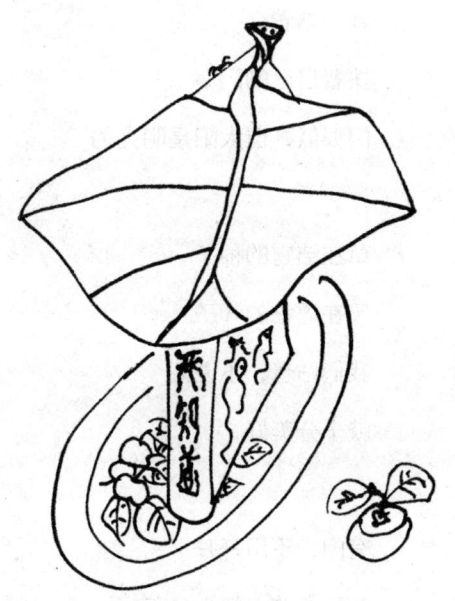

门前

我多么希望,有一个门口

早晨,阳光照在草上

我们站着

扶着自己的门扇

门很低,但太阳是明亮的

草在结它的种子

风在摇它的叶子

我们站着,不说话

就十分美好

有门,不用开开

是我们的,就十分美好

1982年8月

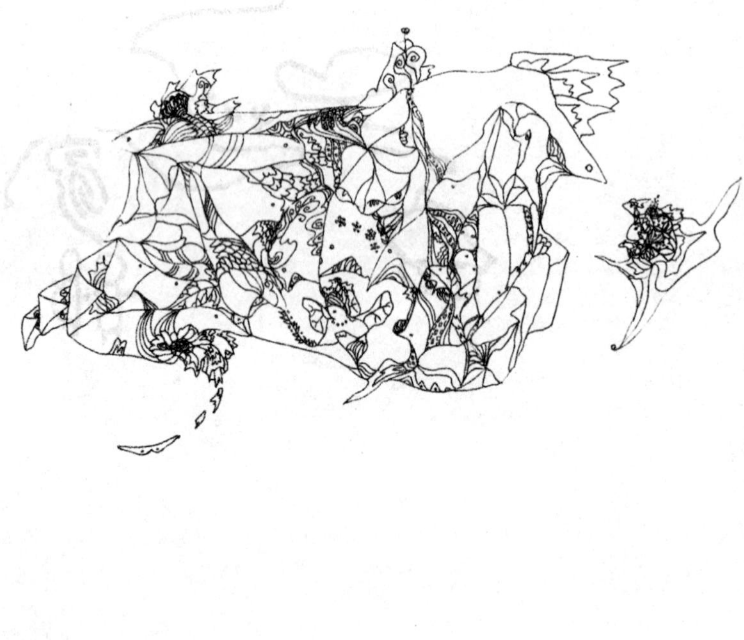

来临

请打开窗子,抚摸飘舞的秋风

夏日像一杯浓茶,此时已经澄清

再没有噩梦,没有蜷缩的影子

我的呼吸是云朵,愿望是歌声

请打开窗子,我就会来临

你的黑头发在飘,后面是晴空

响亮的屋顶,柔弱的旗子和人

它们细小地走动着,没有扬起灰尘

我已经来临,再不用苦苦等待

只要合上眼睛,就能找到嘴唇

曾有一只船,从沙岸飘向陡壁

阳光像木桨样倾斜,浸在清凉的梦中

呵,没有万王之王,万灵之灵

你是我的爱人,我不灭的生命

我要在你的血液里,诉说遥远的一切

人间是陵园,覆盖着回忆之声

1982年8月

分别的海

　　我不是去海边

　　取蓝色的水

　　　我是去海上捕鱼

　　　那些白发苍苍的海浪

　　　正靠在礁石上

　　端详着旧军帽

　　轮流叹息

　　你说：海上

　　有好吃的冰块在飘

别叹气

也别捉住老渔夫的金鱼

海妖像水螅

胆子很小

　　别捞东方瓶子

　　里边有魔鬼在生气

我没带渔具

　　　没带沉重的疑虑和枪

　　　　我带心去了

　　　　我想,到空旷的海上

　　　　只要说:爱你

　　　鱼群就会跟着我

　　　游向陆地

　　我说:你别关窗子

　　　别移动灯

让它在金珐琅的花纹中

燃烧

我喜欢精致的赞美

像海风喜欢你的头发

　　别关窗子

　　让海风彻夜吹抚

　　　我是想让你梦见

　　　有一个影子

　　　　在深深的海渊上飘荡

　　　　雨在船板上敲击

另一个世界没有呼喊

　　铁锚静默地

　　穿过了一丛丛海草

　　你说：能听见

　　在暴雨之间的歌唱

像男子汉那样站着

抖开粗大的棕绳

你说，你还能看见

水花开放了

　　下边是

　　乌黑光滑的海流

　　　我还在想那个瓶子

　　从船的碎骨中

　　　慢慢升起

　　　它是中国造的

　　　绘着淡青的宋代水纹

　绘着鱼和星宿

　　淡青的水纹是它们的对话

我说：还有那个海湾

　　那个尖帽子小屋

那个你

窗子开着，早晨

你在黑发中沉睡

手躲在细棉纱里

　　那个中国瓷瓶

　　还将转动

1982年8月

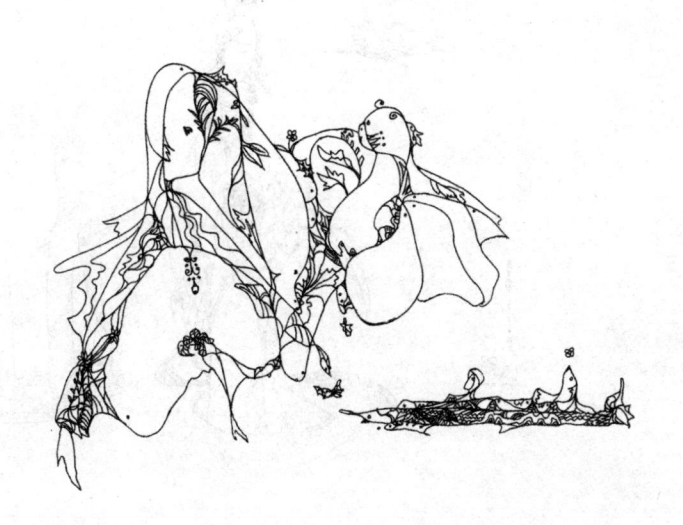

订婚

这个世界是唯一的

人都要回家

都要用布把星星盖好

然后把灯碰亮

影子扑倒在墙上

好像出现了门

接着又拖到床下

去啃那捆过时的消息

经过折叠的礼貌

悬挂在糕点旁边

客人们研究一番水彩

就用勺去划瓷器

妈妈叫女儿了

声音不长不短

水流平稳地抚摸着

没有洗净的碗碟

她在走廊尽头

靠紧钉死的窗子

河流在远处抽动

似乎闪耀着恸哭

1982年10月

我曾是火中最小的花朵

我曾是火中最小的花朵

总想从干燥的灰烬中走出

总想在湿草地上凉一凉脚

去摸摸总触不到的黑暗

我好像沿着水边走过

边走边看那橘红飘动的睡袍

就是在梦中也不能忘记走动

我的呼吸是一组星辰

野兽的大眼睛里燃着忧郁

都带着鲜红的泪水走开

不知是谁踏翻了洗脚的水池

整个树林都在悄悄收拾

只是风不好,它催促着我

像是在催促一个贫穷的新娘

它在远处的微光里摇摇树枝

又跑来说有一个独身的烟囱——

"一个祖传的青砖镂刻的锅台

一个油亮亮的大肚子铁锅

红薯都在幸福地慢慢叹气

火钳上燃着幽幽的硫磺……"

我用极小的步子飞快逃走

在转弯时吮了吮发甜的树脂

有一棵小红松像牧羊少年

我哔哔剥剥笑笑就爬上树顶

我骤然像镁粉一样喷出白光

山坡忽暗忽亮煽动着翅膀

鸟儿撞着黑夜,村子敲着铜盆

我把小金饰撒在草中

在山坡的慌乱中我独自微笑

热气把我的黑发卷入高空

太阳会来的,我会变得淡薄

最后幻入蔚蓝的永恒

1982年10月

CHINATHEMEN

Herausgegeben von Prof. Dr. Helmut Martin,
Ruhr-Universität Bochum,
und
Prof. Dr. Lutz Bieg, Universität Köln

南国之秋(二)

我要在最细的雨中

吹出银色的花纹

让所有在场的丁香

都成为你的伴娘

我要张开梧桐的手掌

去接雨水洗脸

让水杉用软弱的笔尖

在风中写下婚约

我要装作一名船长

把铁船开进树林

让你的五十个兄弟

徒劳地去海上寻找

我要像果仁一样洁净

在你的心中安睡

让树叶永远沙沙作响

也不生出鸟的翅膀

我要汇入你的湖泊

在水底静静地长成大树

我要在早晨明亮地站起

把我们的太阳投入天空

1982年11月

异地

冷冷落落的雨

弄湿了洼陷的屋顶

我在想北方

我的太阳和灰尘

自从我离开了那条路

我的脚上就沾满泥泞

我的嘴就有苦味

好像草在湿雾里燃动

我曾像灶火一样爱过

从午夜烧到天明

现在我的手指

却触不到干土和灰烬

缓缓慢慢的烟哪

匆匆忙忙的人

汽车像蝴蝶虫一样弯扭着

躲开了路口的明星

出于职业习惯

我赞美塑料的眼睛

赞美那些模特

耐心地等小偷或情人

我忘了怎样痛哭

怎样躲开天空

我严肃地摇着电线

希望能惊动鸟群

1983年2月

最凉的早晨

树木背过身去哭

开始是一棵

后来是整个群落

它们哭到天明

雪白的尘埃就覆盖了一切

一切都在尘埃中飘浮

微微错动的影子

忽明忽暗的脚步

走直线的猎人

不断从边缘折回

在早晨的中心

有一只暖暖的小熊

它非常宠爱自己

就像是

大白山的独生女儿

1982年11月

CHINATHEMEN

Herausgegeben von Prof. Dr. Helmut Martin,
Ruhr-Universität Bochum,
und
Prof. Dr. Lutz Bieg, Universität Köln

剥开石榴

安达曼海上漂着自由

安达曼海上漂着石头

我伸出手

向上帝傻笑

我们需要一杯甜酒

每个独自醒来的时候

都可以看见如海的忧愁

贤慧的星星

像一片积雪

慢慢吞吞地在眼前漂流

就这样无止无休

最大的炼狱就是烟斗

一颗牙

几团光亮的尘沫

上帝从来靠无中生有

那些光还要生活多久

柔软的手在不断祈求

彼岸的歌

是同一支歌曲

轻轻啄食过我们的宇宙

1984年2月

就在那个小村里

就在那个小村里

穿着银杏树的服装

有一个人,是我

眯起早晨的眼睛

白晃晃的沙地

更为细小的蝇壳没有损坏

周围潜伏着透明的山岭

泉水一样的风

你眼睛的湖水中没有海草

一个没有油漆的村子

在深绿的水底观看太阳

我们喜欢太阳的村庄

在你的爱恋中活着

很久才呼吸一次

远远的荒地上闪着水流

村子里有树叶飞舞

我们有一块空地

不去问命运知道的事情

1983年11月

是树木游泳的力量

是树木游泳的力量

使鸟保持它的航程

使它想起潮水的声音

鸟在空中说话

　　　它说：中午

　　　它说：树冠的年龄

芳香覆盖我们全身

长长清凉的手臂越过内心

我们在风中游泳

寂静成型

我们看不见最初的日子

最初，只有爱情

1985年5月

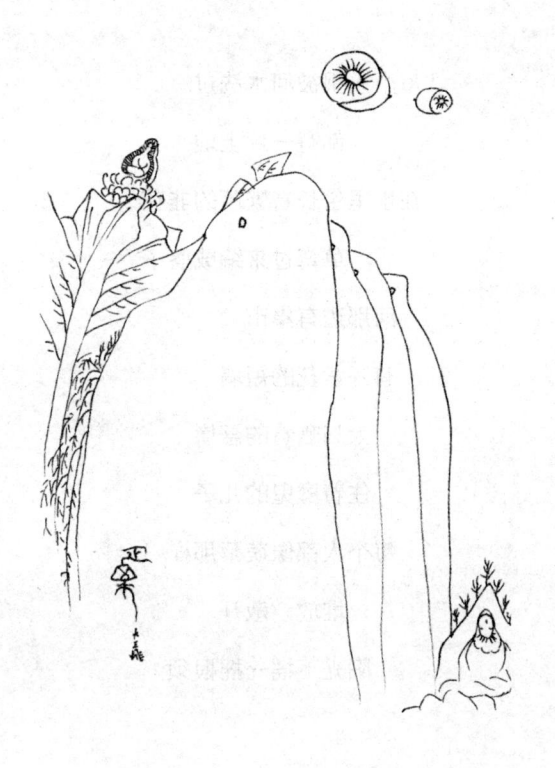

万物

每个人都被河水洗过
   都有一片土地
在那里生长着繁茂的韭花
  草弯过来编成篮子
河那边有集市
有开紫花的短墙
  太阳晒着的悬崖
  住着魔鬼的儿子
每个人都像蒺藜那样
  堆放 散开
阳光下摇一摇根须

1985年

届时

一小片风景进了院子

陪来的

是字

头一扬一扬

没注意就爬满了铁丝

总坐着

看字

风吹得枝划到处都是

脸上　鞋上

历史书　到处都是

女儿从一楼走上楼顶

1986年1月

革命

上天的手

写下那些字

平原上的暴行

小小宇宙中的舞会

不是谁践踏了谁

绿草丝缠住了所有车轮

大海并没有翻身

蓝色还那么干净

它只用一根吊线

就弹碎了水珠的安宁

绿草在墓石中延伸

一支木笛持续发音

1986年

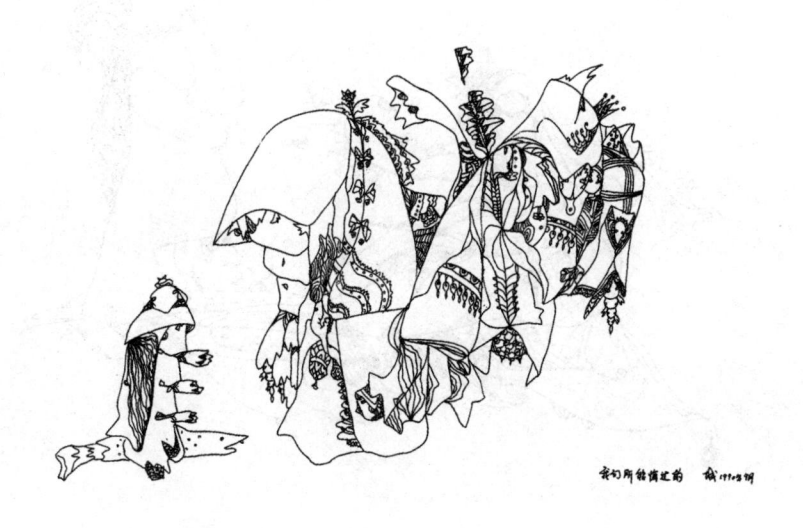

我们所能借定的前　歳 1991.3.19.明

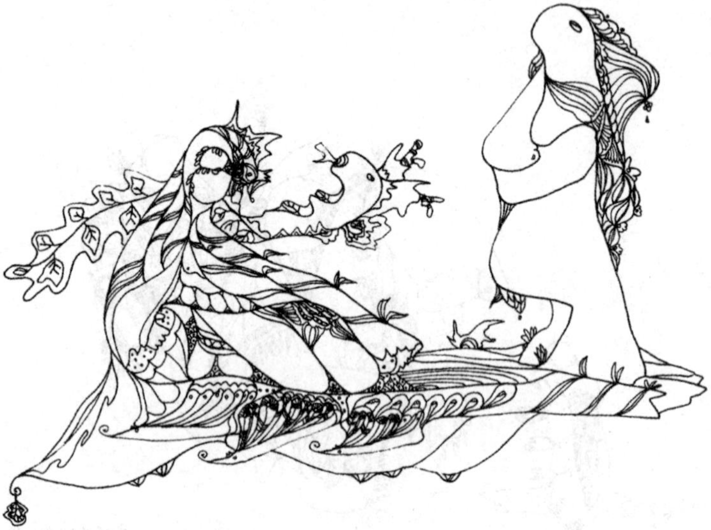

瀑布

存在就是规律

规律就要服从

人代表世界杀害自己

那道瀑布有无声的临近

洗去我和亲人,最坚忍者

也只能看见自己的眼睛

她精力旺盛得像一个菜园

我们的不幸有所区别

我们都是睡瓶中扭转的饰纹

没有书我们就读叶子

我也许是那些还会游泳的黄金

白木桩让平原听到声音

空气中的光明

使我们的手对称

1986年5月

諸代為寶器
尼石不可知

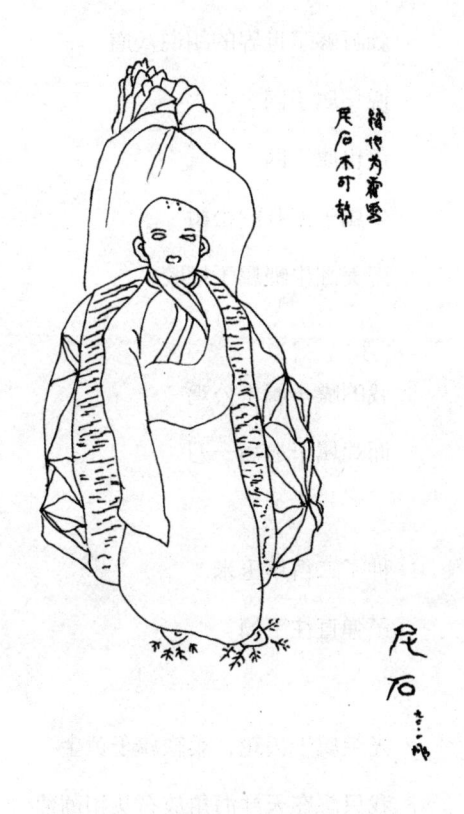

尼石

子弹

我听够了世界的胡说八道

说鸟属于网

鱼也属于网

牛属于锯开的松树

南美洲牛蝇属于松胶

我的嗓子属于公鸡

而鸡属于最后一刀

种了二百年玉米

子弹直往下掉

光荣属于齿轮，柔软属于黄金

我只想在天涯海角放石头和葡萄

1986年10月

日益

他们在柱子的灰烬中间

被一阵阵记忆所侵扰

手莫名拍到鼓上

生命由此奋起

叶子四下舒展

箭翎翻覆如歌

笛声亮于太阳

倾诉的并不是一件事情

1986年

表达

我要到大世界去

去看那些小玩具

这边刷刷漆那边刷刷漆

玫瑰

如血之日

如水之时

一些简单的词

"如花似玉"

在众人中传奇

我害怕

瘦弱的人看过的春天

1986年12月

转弯

梦里有许多
　　　房子　它们是
　相通的　从这个台阶
　　　到那个台阶
每个转弯　都必须
　　　十分合适

云鸟尽头的绿光
棕红的大地现出果子
他对我讲过死亡
　　　在一条路上
　在我手上放了种子

　没有声音
　后来　我是一个人

1987年4月

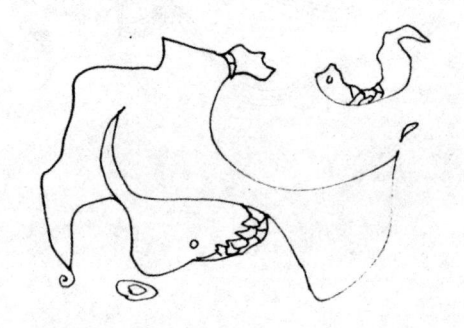

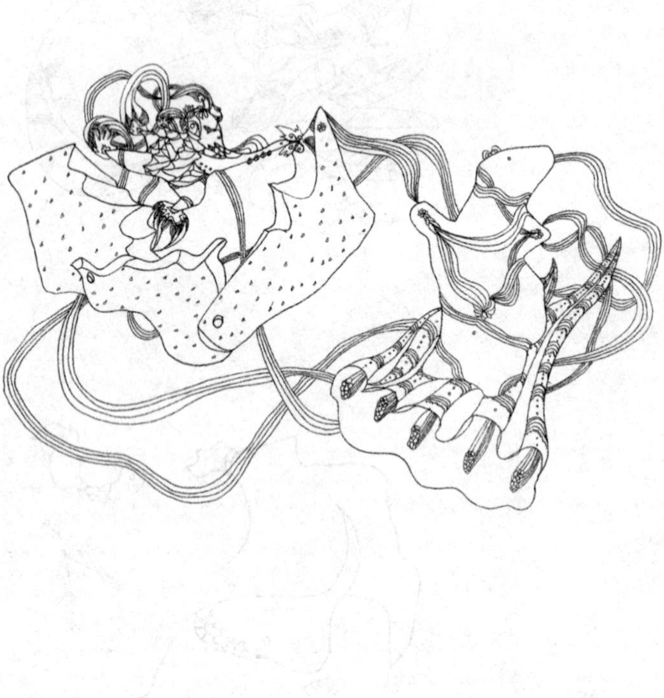

复有笑容

落进草地的时候

蛇在树上舞蹈

果子隐隐作痛

声音变成个家伙

开始工作的时候

需要网和鱼竿

减少梦中的人口

细细把石块系在城里

虽然帝国崩溃

时间已成为阴影

一个漏了的罐子

活生生爬出小虫

古巷声声　弄瓦时

诗随人　人随梦

那本书很大　光线微斜

他抄蝴蝶的名字

我把枯萎的花放回地上

死后的中午枕石而睡

世界重又安定

人群复有笑容

1987年5月

直塘

鸟

　在岸上睡了

鱼

　在水里睡了

柚子在沙田坝里垂着

十几里水，十几里月色

水在天上

天在水里

云彩悄悄隐没

十几里水路睡了

有人放桨

唱歌

　　咿哦，咿哦

十几里水

　草晃了

早起的人遮遮灯火

1987年6月于奥地利

往世

来到这个世界上

我什么也不知道

我只知道

我忘了一件事

我用诗想这件事

来到这个世界上

我知道了一件件事

都不说

那件事

诗让我说那件事

我会逃走

路会消失

1987年6月（德.明斯特）

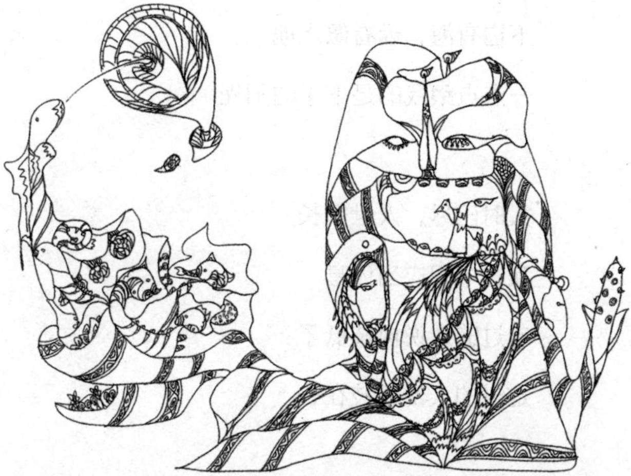

墓床

我知道永逝降临,并不悲伤

松林间安放着我的愿望

下边有海,远看像水池

一点点跟我的是下午的阳光

人时已尽,人世很长

我在中间应当休息

走过的人说树枝低了

走过的人说树枝在长

1988年1月(新西兰)

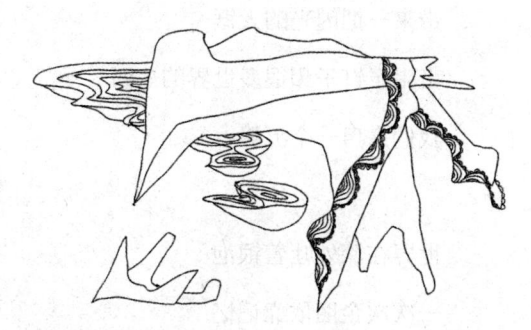

字典

我们带来了饼干

带来一把闪光的大锯

带来了钉子和很多世界的东西

我们来自一个沉船

世界在深处吐着银泡

一次次企图依靠记忆

我想起山上有一个字典

被早晨的阳光翻来翻去

在有花的地方坐下

一切将从这里开始

我的妻子要为我生育部族

树木摇动松果　针叶瑟瑟

　　　描画心中的花纹

1988.7

编者注：1988年7月初起作者移居岛上。

计谋

雨下到地里

一直下到地里

穿过叶子和花

花都死了

一朵死在高处

叶子高兴极了

它们向阴暗以外移动

停在光那儿

好让花继续变丑

连绿棺材都没有

雨葬在大地深处

我喜欢雨的安葬

让更多的雨下来

1989年3月

一个夏天

中午的影子让我忧愁

它向西边就飘过去了

一枝枝都像水草的叶子

一个夏天就这样生活

水湾平静地流着洪水

一支歌唱出了许多歌

敲一敲台阶下还有台阶

石头打出苹果的青涩

一棵树也锯成许多许多

烟和咳嗽最喜欢搅和

娃娃笑总比哭令人快活

风起时门前已经空廓

1989年3月

编者注：南半球的三月是夏末秋初季节。

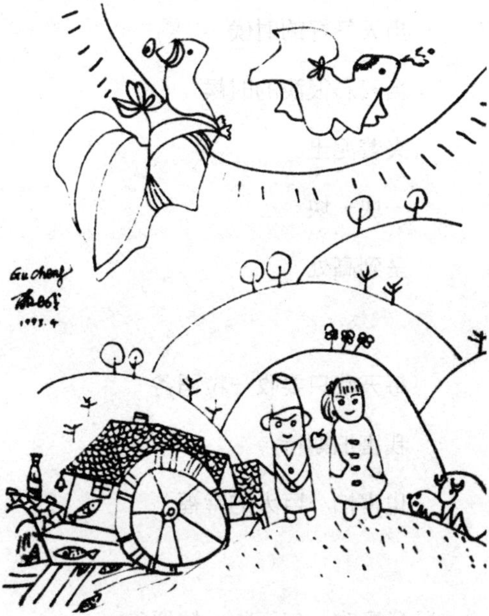
Gu cheng
顾城
1993.4

万一

我喜欢用黄木头盖房子

当天气好的时候

当云彩很淡的时候

夹着泥土

一块一块

垒到高处

每天我只要收一粒稻谷

我害怕期待

也害怕 巨大的幸福

我喜欢 每天收一粒稻谷

在万字中走一的道路

1988年9月

实话

陶瓶说,我价值一千把铁锤
铁锤说,我打碎了一百个陶瓶

匠人说,我做了一千把铁锤
伟人说,我杀了一百个匠人

铁锤说,我还打死了一个伟人
陶瓶说,我现在就装着那个伟人的骨灰

1989年11月

Sorte øjne

鸡春卷

棉被盖在毯子下
不冷　　老篝火
新床单　一样凉的青土

我心里悲伤
像死亡
照亮集市上一个个摊位

云临万物　真有你吗
滂沱大雨仍通过我
像是通过一道深深的峡谷

泉水微笑只因自身的甘美

（鸡没了，变成春卷了）

1990年6月

从心

火在夜里工作

烧南边的岩石

两朵花在风中走近

用芳香相互触摸

最美的是界限

微妙的边和转折

1990年7月

蛋糕

很远的蛋糕
客气的蛋糕
全部战争源于铜矿
而铜矿源于电报

每次死亡都成为启示
你由于过度惊吓
没有长高
每个启示都是讣告

那些事物不是通过我
而是通过透明的夜空
长成的枝条

凿门上的花纹
她们的美丽
已经消失

1990年8月

天意

花是这样落的

花是这样落的

裁剪新衣服累憔悴了

花是这样落的

写了一夜诗泪流尽了

花是这样落的

看见露水的孩子心蕊化了

花是这样落的

对月亮发脾气把头发拔了

花是这样落的

最后忽然想起抓住蜗牛的小房子

藏于落花中间

蜗牛它不冷么?

有些无关的蘑菇成了传说

1990年8月

陶

小孩　这里有一片烟

一个树叶

一个长鼻子的故事

你可以呆会

不要钱

没人说你

管你的人都在外边

他们喝汽水去了

笑就笑

鸟会在你头上叫出画来

1991年2月（摆摊小记）

编者注：作者于当地集市上除做春卷售卖外，亦摆摊售画售陶售书。

因为思念的缘故

我会慢慢修一条小路

使它通向林中小屋

玻璃上有太阳和蓝色

还有金银草和小鸟飞舞

我让木风车轻轻转动

播撒我们心里的幸福

我让阳光没有遮拦

穿过我们透明的肌肤

一颗心被箭射中

因为思念的缘故

许许多多大昆虫说着

就开始和鸟抢吃苞谷

有一些被羊吃掉

剩下的还得提防老鼠

我们把事情安排停当

就回想那个听来的地图

说山也高林也密月亮都怵

说进不去出不来风都糊涂

我知道这一天无法记住

因为思念的缘故

一路上我收集了些种子

想它们重新开花长成小树

星星打扮好了都在下山

月亮犹犹疑疑却不孤独

空地上有我刚翻过的绿土

擦擦锄就落进了迷雾

忽然落到梦里变成件衣服

在你离去时为你祝福

字迹已经模糊

因为思念的缘故

1991年3月

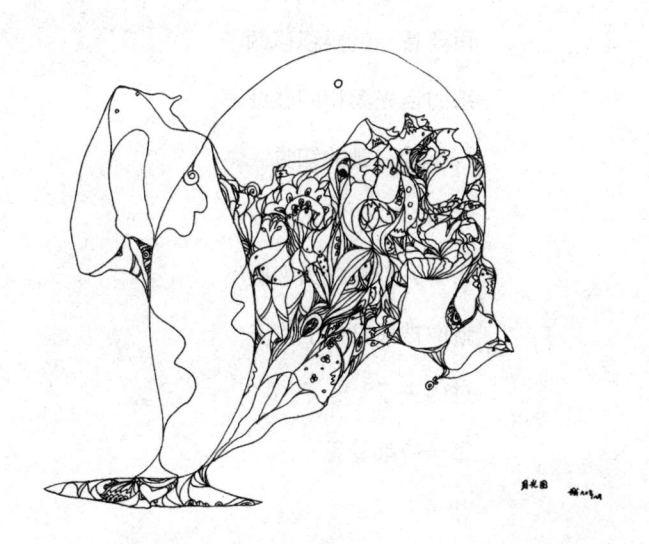

窗子

云从这一岸飘到那一岸
再要看　就要移移颈子
那时目光柔和四肢细弱
一小片轻微的知觉

所有人都在白天取暖
就像被风推倒的麦子
过山去了
每一粒都梦见

1991年4月

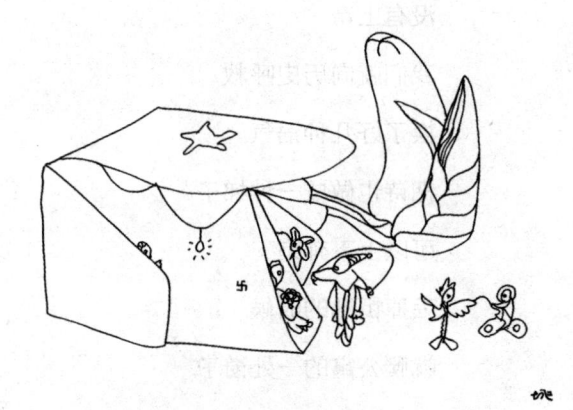

复习

没有上帝

我们就向历史呼救

换了好几种语气

把诗也做成一种梯子

可以上下奔跑

丢掉钥匙的时候

就爬公寓的一处窗子

我们过于努力

结果爬进一锅汤里

这汤煮得太久

已看不见任何东西

1991年7月

邓肯

考试是中国发明的　他说

然而世界通行　人可以透过筛子

（有很多方法）变成面粉和饼干

法律是希腊完成的　他说

人可以变成安全的灰土　看罪犯　梦

在壁炉里燃烧　不会溅出一点火星

世界是上帝造的　他说

把那些天国漏下去的人　继续粉碎

并且发酵　给地狱装上纱门

烟斗是哪来的　我没问

我看烟雾上升　徐徐蒙蒙靠近窗子

轻轻一绕　离开了我们的课堂

1991年8月

读书

你喜欢歌谣

你喜欢歌谣　孩子

这歌是唱给你的

这漂亮的蜜色的火焰

一次次被秋天吹动

早晨干净得像一块玻璃

上边有水　亮着

开始还不知道呢

为你在树林里歌唱

唱过的树都倒了

花开如火　也如寂寞

1991年9月

编者注：作者在自己基本同期的纪实散文《养鸡岁月》中，写有：
你喜欢歌谣　孩子
唱过的树都倒了

花开如火　也如寂寞

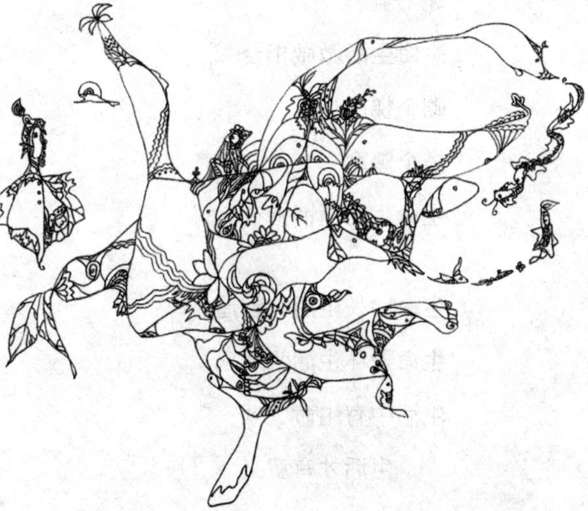

活命歌

修个平台
建个厕所
生命生活微微相合
砌个梯田
搭个鸡窝
生命生活悄悄错过

生命助长生活叫创造
生命毁坏生活叫罪恶
生活中有生命
　　　生活才有意义
生命中有生活
　　　生命才有依托

祝愿我们永远幸运
生命的力量不要太强
生活的惯性不要太弱

1991.6

编者注：修筑平台、厕所、梯田、鸡窝，都属作者当时所做的事。

有天

总有那么一天

阳光都变成叶子

我的路成为宫殿

每块石头都可以住一住

那里的花纹

　　最大的画家都惊叹

总有那么一天

叶子都变成阳光

我的木台升到天上

每个小钉都会讲故事

那里的新奇

　　最小的孩子都入迷

1991.7

编者注：作者所说的"我的路"和"我的木台"应指作者自己打石修筑的上山石阶路和自己钉建的木平台。

家乡的树（歌词）

家乡的树，醒来了

伸出手指，碰碰我

碰碰我

一叶叶绿到天上去

这样亮的傍晚

这样近的火

醒来了，家乡的树

有什么你想告诉我

这么近地看着我

是有一些话要说？

是有一些事要做？

家乡的树呵，我从来

没想到，你活着

没想到，我醒了

1991.8

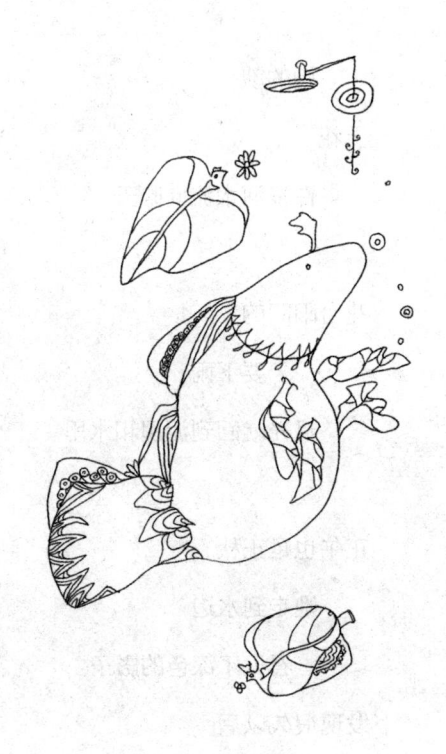

许多河水

   她的魂

上花

   许多河水流向昨天

花台阳阳的

     要下雨

   月光就回到泥里和水里

正午也是正秋

   她走到水边

     看见了深色的影子

发现很久以后

   才开始今天的生活

1991.9.2

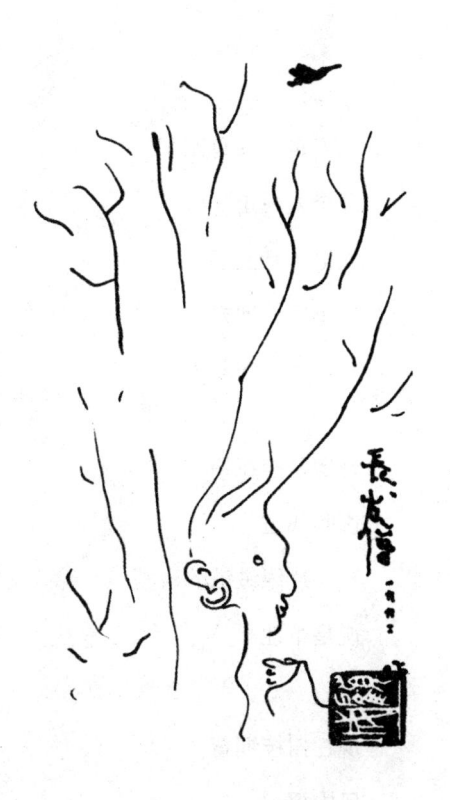

然若

一直走,就有家了

那个人没走

铁狮子巷没了

二十岁的地方

   都不见了

好像是挂在树上

说明飞过

看一片绿绒绒的青苔

说是草地

现在树枝细着

风中摇摇

二十岁的我们

   都不见了

树身上有许多圆环

转一转就会温暖

1992.8

岛

好久没看见雪了

只有春天　和绣球花

开得盛呢　盖着

我薄薄的屋顶

有人爱花　有人爱人

有人爱雪　而我

却爱灰烬的纯洁

提水看山　看火被烟带走

落叶纷纷　绿荫长长

光束累累

阳光　水　和灰烬

　一朵花的颜色

爱的三个季节

1993.7

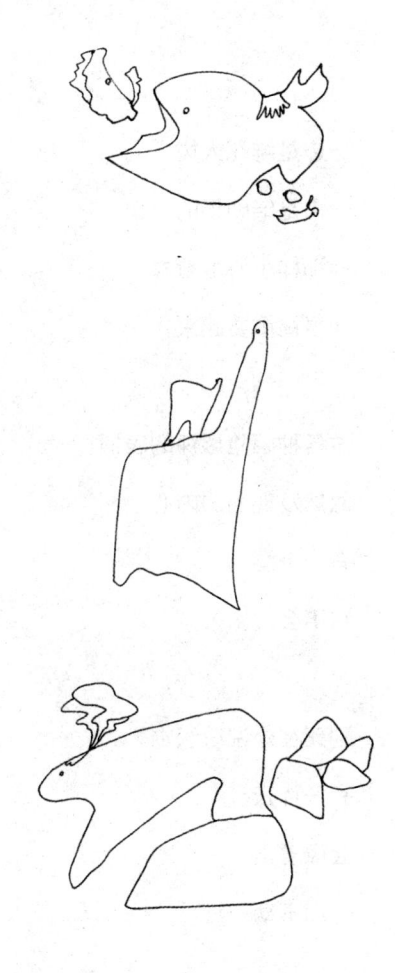

婆罗

一边是鲜花大树

一边是结硬果的小树

猫那样小心地看着

使事情重要起来

做各种阴险毒辣的表情

忽然发现猫的内心

有一个洞

它不会说出去

到死在众说纷纭中

有一片云

会像雪山

一动不动

1991年11月

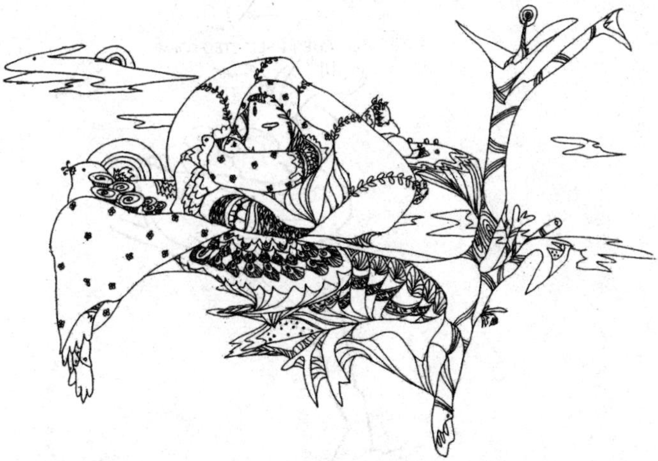

GU CHENG: SELECTED POEMS

要用光芒抚摸

：

这个岛真好

一树一树花

留下果子

我吃果子

只是为了跟花

有点联系

．

光没有罪恶

要用光芒抚摸

你把我没入水中

吐出空气

吐出人和树

你让我站到最深的地方

站在柔软凄凉的光上

我知道我的道路
是最美的

1992年1月

大禹的自白

在"粉碎"的年代,大禹塑像曾被砍下头,放在垃圾车上游街示众——

涉过漫长漫长神圣的死亡

涉过天国和冥府的阶梯

我的头颈

和后人加上的冕旒

一起落下,落向

埋葬过我的土地

无数清秀的孩子欢呼着

他们交迭的手臂

那么年轻

既没有纯白的光泽

也没有河堤一样

隆起的血脉

多么奇怪,他们相信

我是神明

我工作了四千年

往无数颅穹中

装愚昧的黏土

感谢他们

感谢他们的轮子

文明的繁星

就是在转动中布满天空的

所有惊醒的我都看世界

都看街上,那么高兴

似乎找到了怪异娃娃

喧闹也会旋转

像一个恍惚的青色玉璧

像我见过的乞讨和烟

然而,在那遥远的时间里

在褪色的腰门

和排门后面

在破碎的桶板和泥炉后面

在我所苦恋和憎恶的

河流那边,则是沉默

——水和泥,从古至今

雾,拱桥,饱含泪水的豆荚

脱发的老人,帐中的幼婴,山和海洋

他们并不刻毒

不需要上诉

不必看由于阿谀、威胁

所产生的皱纹

我枕的是落叶和石筒

枕着

的确存在的一切

我的旅榻是柔软的

让那细细的竹梢抽打吧

驱赶彩色的蚊虻

对于油漆面具

我早已厌恶

我的肤色

是大地和木材的颜色

是太阳下江水的颜色

只有这种颜色

绘出了我的伤痛

我被粉碎

风干的思念，发出响声

淡黄的烟升起

在暂短的阴霭之中

树林充满寒噤

我依旧愉快

像真实的我一样

在雾雨中

渗入几丁质的薄壳

渗入种脐

去到每颗种子中新生——

穿过红麻绵长的神经

金合欢的花萼

在枝头，让微笑沾满露水

我渗入

地基

和无数乌瓦、红砖的裂片混杂

还有风化的糠屑

壁画的灰

铸铁的焦渣

在一阵阵可怕的压榨之间

是统一的足迹

鼓的跳跃

炮竹——被撕碎的卷宗

大片大片的

青果般滚落的号子

之后是水泥

这灰白的果浆并无味道

在鲜稻草的濡湿之中

是长久的肿胀

麻痹

使我又想起息壤的故事

我凝结

我的思想

重新成为大地的思想

牢固得铁和火都难于取消

分散到处，整体的我

承托着这些——

生命，死亡

簇新渐而绽裂的圆鼎、碑石、风

蓬草和风筝的竹筋碎骨

钩吻草和锚

浅草地、草原和通红的地毯

各色的花和各色的血

公开和隐秘的凶杀

一个个烫手的弹壳

冰凉的螺壳

蜗牛一样依附在远近的村落

宏伟的版图

转瞬成了干枯的苔色……

我的爱悄然无声

不是胆怯也不是自豪

我茫然的胸膛

充满卵石

那些我征服过的石头

充满了灾难动荡的无声喧响

一阵鲜红的血的潮汐过后

预言将浮现

就像无数布满斧痕的断木

停在芦花中间

河溪忘记了追问

湖还在沉思

大群大群的

由于不断醒悟而苍白的云

回到劈碎的三角洲上

它们依恋水面

天空因高远而肤浅

不能给一个倒影

静是最美的乐曲

虹在雨燕翅上展开

光谱里没有了天真的草绿

我在淡淡的水光下

苏醒又蒙眬

长眠

甲骨钟鼎书牍锦帛纸张印刷

长眠

土地依旧楚痛

泪水难以吸收

玩具在街巷漂流……

我不会瞑目

这样多的磷

在我身体里燃烧

这样多的蓝色魂灵

不让我合上眼睛

这样多的陨星和迸溅的麦粒

送走，迎来，又送走

"可能"，是一个新词

可能是对儿时游戏的回忆吧

可能是我屏住的呼吸吧

可能只不过是些插图吧

从西方沙漠归来的海风

把它们吹成碎片

又扬上高空

让一阵阵潜在的激怒

和霞从天际涌出

这样的呼喊应当扩展

像伞，像蓝天

让所有行走，沉睡，拥抱的人类明确

在我头顶

一个亘古的信念早已铸成

1980年7月

◎（作者注）息壤：传说中一种能自己生长永不耗减的土壤。

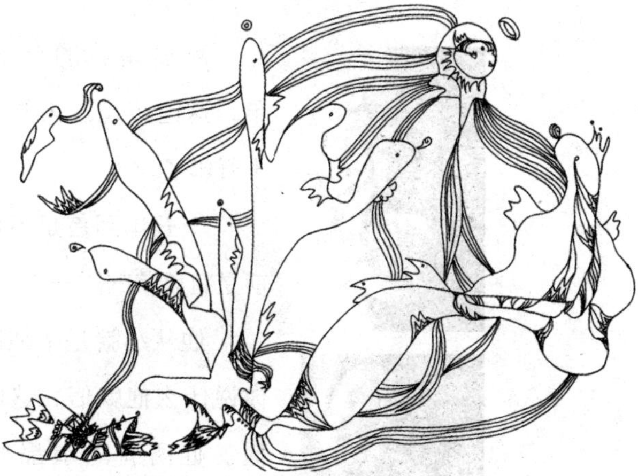

编后记

顾乡

顾城三岁。此刻他正站在他喜欢的窗户前。他爬上椅子再爬上桌子然后站到这里……

顾城是我的弟弟。我有弟弟，这已经是过去的事了。过去十五年了。

十五年回首是不堪的。再往前是有弟弟的时光。

他从小就是个纯净的孩子，你说什么他就信，这时你可别骗他。他所有的事都听，充满期待，眼睛明亮。他尊敬书，手干净时才去翻，从不掀开到180度。他喜欢小人书，对每个小人儿可以说都倾心热爱。他也喜欢讲给你听，你不听时他会到另间屋去，隔着大床对着墙讲，手里舞个带子。很厚的书，他有时竟读得飞快，然后沉浸在呆想里，一旦你问他就讲得你也发呆，过后你去看那书，会觉得他讲的故事更好。他很喜欢别人，但别人会让他失望，他越来越害怕失望，也许因此变得不好意思。男孩们会撕麻雀、点燃天牛角、捉青蛙打得胀得老大，拉住野猫尾巴甩得飞快然后一松手让猫飞出去，这样的事他撞见就发抖，脸煞白，浑身冷汗，人家就笑他。他羞于表达好意，就示以蛮横。他三岁多些时一次从窗户摔出去，头撞在砖尖上昏过去缝了好几针，后来他说他的数字概念给撞坏了。他从小好发高烧，为了不吃药不打针总被一至几个大人按住。他的左眼连同视力为高烧所伤。从很早开始，他的话就经常让我吃惊，那么不同于课堂上的和听自别处的。我总是想他的破绽，以为想出来了就去找他，他的回答永远出我意外，再三再三之后，我知道了他话的出奇，出于才华不是根本，根本在于那真是以他深切的生命体验和难以克服的深思为代价的。至今我知道我不能描述他会怎样，因为从来我以为他错了的时候，都是我错；但是他不会怎样，具体到一样样上，我是敢肯定的。

后来经过了很多事情："文革"全家去农村，十七岁返城他以改造社会也改造自己的信念，坚持去社会底层做被认为极为低贱又极其艰苦的重体力工作，试创作工农兵文艺，回归艺术，结婚，应邀出国，定居他后称之为激流岛的岛上力图自食其力，又成全家人愿望赴德工作——前两年小量印刷有四卷本约150万字的《顾城文选》，那也可以看作是个传记。

他聪慧、灵动、谦和、达观，他又认真严谨、寸步不让。他看着世界也看着自己，他看见了注定，也看见了无限的自由。"生命和生活无关"、"感性即自然的理性"、"人可生如蚁而美如神"……这都是他的话。

他有许多错，但一定不比大多数的人错更多。他到这个世界上来，占用的是很少的，他甚至只上了三年不完整的小学，他不吃好的不穿好的不用好的，而他给予这个世界的，我认为是多的，他十八九岁时，在北京严冬的小街上赤膊独自拉大锯的景象此刻清楚地正在眼前。

没有他的十五年里有许多事情，不在这说了。

现在他一直惦记的屋顶终于换上了新的。孩子也长大成人。

他的文作（诗文、画、录音）散失，有限的收集中，诗是两千多首。顾城在1987年5月出国前的多年里，保持有将写下的诗抄整入册的习惯，这个习惯到了八四八五年之后变弱了，而出国以后就中断了。他写是不可遏制的，到后来完全成了个自然现象，他说写诗是他的一种呼吸方式。对于抄留和抄送发表，他则越来越难经心了。1992年初他获

DAAD之邀赴德，因不愿离岛直拖至临行才匆匆收拾了些字稿带上。他将赴德完全看作尽职，在那期间他努力工作，后来约150万字的《顾城文选》其中大部分内容都是那时留下的。他将带去的那部分写在几年间的诗歌也做了抄整，并不断写下了新的诗歌。这些后来严重散失。许多人帮助做了收集工作。尤其是陈二幼（顾城友人，《顾城文选》编者之一）和江晓敏（顾城之城网站创立者，《顾城文选》编者之一），他们无名无利、诚心诚意，高水平地分别做了大量至关重要的工作，没有他们就不会达到现在的收集和整理。对此我永远心怀敬意。

陈二幼毕业于中央美院，论画论文论见地、人品都很不俗。她在编整的过程中说："顾城作品清澈见底，他好像从来没有长大，又从来充满最高的智慧，真正奇妙。"江晓敏感受顾城时说："顾城终生以诗为生命，以生命为诗。"他们的描述我觉得都是精准的。

在此还要感谢于奎潮先生，他的眼光和见识使这一编选有了新的角度，使顾城得到了多一些的显现。

2008年10月6日

图书在版编目（CIP）数据

顾城的诗·顾城的画 / 顾城著. —— 南京：江苏文艺出版社，2013.9（2022.10重印）
ISBN 978-7-5399-6216-0

Ⅰ.①顾… Ⅱ.①顾… Ⅲ.①诗集－中国－当代 Ⅳ.①I227

中国版本图书馆 CIP 数据核字(2013)第 094233 号

书　　　名	顾城的诗·顾城的画
著　　　者	顾　城
责任编辑	孙楚楚　于奎潮
封面设计	嫁衣工舍
版式设计	皇甫珊珊
出版发行	江苏凤凰文艺出版社
出版社地址	南京市中央路 165 号，邮编：210009
出版社网址	http://www.jswenyi.com
印　　　刷	江苏凤凰新华印务集团有限公司
开　　　本	880×1230 毫米　1/32
印　　　张	7.25
字　　　数	140 千字
版　　　次	2013 年 9 月第 1 版　2022 年 10 月第 26 次印刷
标准书号	ISBN　978-7-5399-6216-0
定　　　价	24.00 元

（江苏文艺版图书凡印刷、装订错误可随时向承印厂调换）